邪宗門

美の魔睡

北原白秋
大川裕弘・
谷村鯛夢・

■言葉の魔術師、北原白秋

白秋は1885年（明治18年）、九州・柳川の素封家の長男として生まれた。近代日本の詩人の中で唯一「詩の王者」と呼ばれる大詩人である。『邪宗門』はその第一詩集。学生時代の〈切支丹の島〉天草や平戸、島原、長崎への旅で生まれた、〈南蛮趣味〉にあふれた極めて刺激的な詩集。イメージの喚起力に満ちたエキゾチシズム、退廃を気取る青春性など、その魅力は百年以上の時を経ても色あせない、感受性豊かな若者の胸を揺さぶる永遠のバイブルである。冒頭の「詩の生命は……」に始まるメッセージは詩の根幹、詩人の魂の在りどころを伝えてやまない。

「国民的詩人」白秋は、誰もが一度は口ずさんだことのある童謡や民謡の作詞まで手がけた。ただ、デビュー作にして代表作でもあるこの『邪宗門』には、「言葉の魔術師」白秋の本質と特質が鮮明に表れているといわれる。それは、めくるめくような官能性、耽美性や浪漫性はもちろん、あえて加えるならば、のちに女性関係、恋愛事件でも名を高めることになる、その資質まで含めての表出、ということかもしれない。

谷村鯛夢（俳人・エッセイスト）

邪宗
人心を惑わす有害な宗教。江戸時代、切支丹（日本に伝わったキリスト教とその信徒）は邪教（邪宗）とされた。

邪宗門

父上に献ぐ

父上、父上ははじめ望み給はざりしかども、
児は遂にその生れたるところにあこがれて、
わかき日をかくは歌ひつづけ候ひぬ。
もはやもはや咎め給はざるべし。

邪宗門扉銘

ここ過ぎて曲節(メロデア)の悩みのむれに、
ここ過ぎて官能の愉楽のそのに、
ここ過ぎて神経のにがき魔睡に。

詩の生命は暗示にして単なる事象の説明には非ず。かの筆にも言語にも言ひ尽し難き情趣の限なき振動のうちに幽かなる心霊の欷歔をたづね、縹渺たる音楽の愉楽に憧がれて自己観想の悲哀に誇る、これわが象徴の本旨に非ずや。されば我らは神秘を尚び、夢幻を歓び、そが腐爛したる頽唐の紅を慕ふ。

哀れ、我ら近代邪宗門の徒が夢寝にも忘れ難きは青白き月光のもとに欷歔く大理石の嗟嘆也。暗紅にうち濁りたる埃及の濃霧に苦しめるスフィンクスの瞳也。あるはまた落日のなかに笑へるロマンチツシユの音楽と幼児磔殺の前後に起る心状の悲しき叫也。

かの黄臘の腐れたる絶間なき痙攣と、ヸオロンの三の絃を擦る嗅覚と、曇硝子にうち噎ぶウヰスキイの鋭き神経と、人間の脳髄の色したる毒艸の匂深きためいきと、官能の魔睡の中に疲れ歌ふ鶯の哀愁もさることながら、仄かなる角笛の音に逃れ入る緋の天鵝絨の手触の棄て難さよ。

ヸオロンの三の絃
「三の絃」は三味線の「三の糸」の意の転用で、ヸオロン（ヴァイオリン）の最も細く調子の高い弦。

魔睡

邪宗門秘曲

われは思ふ、末世の邪宗、切支丹でうすの魔法。
黒船の加比丹を、紅毛の不可思議国を、
色赤きびいどろを、匂鋭きあんじやべいいる、
南蛮の桟留縞を、はた、阿剌吉、珍酡の酒を。

目見青きドミニカびとは陀羅尼誦し夢にも語る、
禁制の宗門神を、あるはまた、血に染む聖磔、
芥子粒を林檎のごとく見すといふ欺罔の器、
波羅葦僧の空をも覗く伸び縮む奇なる眼鏡を。

切支丹
ポルトガル語。フランシスコ・ザビエルが1549年、戦国時代の日本に伝えたカトリック系のキリスト教（日本では天主教）およびその信者のこと。

でうす
ゼウスはギリシャ神話の神々の最高神。天主。デウス（ポルトガル語）。

切支丹でうすの魔法
布教のきっかけとして切支丹は西洋の理化学技術を使ったが、それを当時の日本人は魔術、魔法とみなした。

加比丹
ポルトガル語で、ここでは黒船（外国船）の船長。

びいどろ
ビードロ。ポルトガル語でガラスの意。

あんじやべいいる
アンジャベイル。オランダ語でピンクカーネーション。

桟留縞（さんどめじま）
インドのサン・トメから渡来の綿織物。

阿剌吉（あらき）
オランダ語。東インド諸島などで、ヤシ汁、蜜などから造る蒸留酒。江戸時代にオランダから渡来。

珍酡（ちんた）
ポルトガル語で赤ワイン。

ドミニカ
ラテン語。ドミニカびとは、カトリックのドミニコ修道会の人の意。切支丹の時代に日本でも布教した。

陀羅尼（だらに）
梵語。ここではラテン語の祈禱文のことをいう。

聖礫（くるす）
ポルトガル語。十字架。

欺罔の器（けれんうつは）
「けれん」はごまかす、まぎらわすの意で、ここでは顕微鏡のこと。

波羅葦僧（はらいそ）
ポルトガル語で、天国、極楽。

屋はまた石もて造り、大理石の白き血潮は、
ぎやまんの壺に盛られて夜となれば火点るといふ。
かの美しき越歴機の夢は天鵝絨の薫にまじり、
珍らなる月の世界の鳥獣映像すと聞けり。

あるは聞く、化粧の料は毒草の花よりしぼり、
腐れたる石の油に画くてふ麻利耶の像よ、
はた羅甸、波爾杜瓦爾らの横つづり青なる仮名は
美くしき、さいへ悲しき歓楽の音にかも満つる。

いざさらばわれらに賜へ、幻惑の伴天連尊者、
百年を刹那に縮め、血の磔脊に死すとも
惜しからじ、願ふは極秘、かの奇しき紅の夢、
善主麿、今日を祈に身も霊も薫りこがるる。

ぎやまん
オランダ語でガラス、ガラス器、ダイヤモンド。

越歴機
オランダ語のエレキテルの略で、電気。

天鵝絨
ビロード。やや毛足の長い、光沢のある洋織物。ポルトガル語かスペイン語の訛り。

伴天連尊者
バテレンはポルトガル語のパードレで神父、尊者は尊い人。

善主麿
ポルトガル語のゼズス、マリアのことで、イエスとマリア。

願ふは極秘、
かの奇しき紅の夢

室内庭園

晩春の室の内、
暮れなやみ、暮れなやみ、噴水の水はしたたる……
そのもとにあまりりす赤くほのめき、
やはらかにちらぼへるヘリオトロオブ。
わかき日のなまめきのそのほめき静こころなし。

尽きせざる噴水よ………
黄なる実の熟るる草、奇異の香木、
その空にはるかなる硝子の青み、
外光のそのなごり、鳴ける鶯、
わかき日の薄暮のそのしらべ静こころなし。

いま、黒き天鵝絨の

ヘリオトロオブ
ヘリオトロープ。ペルギー原産の黄紫の穂状の芳香の花。

にほひ、ゆめ、その感触……噴水に縺れたゆたひ、
うち湿る革の函、饐ゆる褐色
その空に暮れもかかる空気の吐息……
わかき日のその夢の香の腐蝕静こころなし。

三層の隅か、さは
腐れたる黄金の縁の中、自鳴鐘の刻み……
ものなべて悩ましさ、盲ひし少女の
あたたかに匂ひふかき感覚のゆめ、
わかき日のその靄に音は響く、静こころなし。

晩春の室の内、
暮れなやみ、暮れなやみ、噴水の水はしたたる……
そのもとにあまりりす赤くほのめき、

甘く、またちらぼひぬ、ヘリオトロオプ。
わかき日は暮(く)るれども夢はなほ静(しづ)こころなし。

わかき日は暮(く)るれども
夢はなほ
静(しづ)こころなし。

陰影の瞳

夕(ゆふべ)となればかの思曇硝子(おもひくもりがらす)をぬけいでて、
廃(すた)れし園(その)のなほ甘(あま)きときめきの香(か)に顫(ふる)へつつ、
はや饐(す)え萎(な)ゆる芙蓉花(ふようくわ)の腐(くさ)れの紅(あか)きものかげと、
縺(もつ)れてやまぬ秦皮(とねりこ)の陰影(いんえい)にこそひそみしか。

如何(いか)に呼(よ)べども静(しづ)まらぬ瞳(ひとみ)に絶(た)えず涙して、
帰(かへ)るともせず、　密(ひそ)やかに、　はた、　果(はて)しなく見入(みい)りぬる。
そこともわかぬ森かげの鬱憂(メランコリア)の薄闇(うすやみ)に、
ほのかにのこる噴水(ふきあげ)の青きひとすぢ……

秦皮(とねりこ)
モクセイ科の落葉灌木。

帰るともせず、密やかに、
はた、果しなく見入りぬる。

赤き僧正

邪宗の僧ぞ彷徨へる……瞳据ゑつつ、
黄昏の薬草園の外光に浮きいでながら、
赤々と毒のほめきの恐怖して、顫ひ戦く
陰影のそこはかとなきおぼろめき
まへに、うしろに……さはあれど、月の光の
水の面なる葦のわか芽に顫ふ時。
あるは、靄ふる遠方の窓の硝子に
ほの青きソロのピアノの咽ぶ時。
瞳据ゑつつ身動かず、長き僧服
爛壊する暗紅色のにほひしてただ暮れなやむ。

さて在るは、曩に吸ひたる
Hachischの毒のめぐりを待てるにか、

あるは
あるいは

Hachisch（ハシッシュ）
インド大麻の葉から作る麻薬。19世紀の欧州では多くの芸術家が用いた。

あるは劇しき歓楽の後の魔睡や忍ぶらむ。
手に持つは黒き梟
爛々と眼は光る……

……そのすそに蟋蟀の啼く……

手に持つは黒き梟（ふくろう）
爛々（らんらん）と眼は光る……

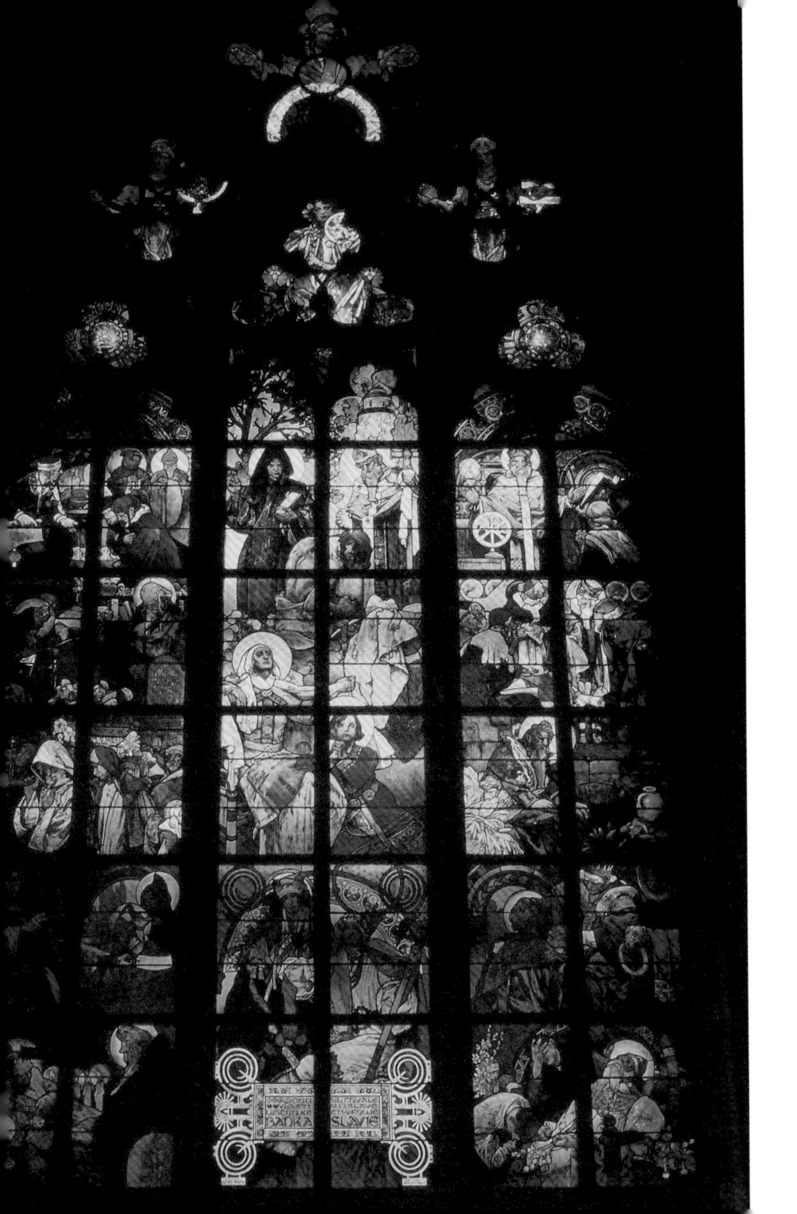
BANKA SLAVIE

WHISKY.

夕暮（ゆふぐれ）のものあかき空（そら）、
その空（そら）に百舌（もず）啼（な）きしきる。
Whisky（ウイスキイ）の罎（びん）の列（れつ）
冷（ひや）やかに拭（ふ）く少女（をとめ）、
見よ、あかき夕暮（ゆふぐれ）の空（そら）、
その空に百舌（もず）啼（な）きしきる。

天鵝絨のにほひ

やはらかに腐れつつゆく暗の室。
その片隅の薄あかり、背に受けて
天鵝絨の赤きふくらみうちかつぎ、
にほふともなく在るとなく、蹲み居れば。

暮れてゆく夏の思と、日向葵の
凋れの甘き香もぞする。……ああ見まもれど
おもむろに悩みまじろふ色の陰影
それともわかね……熱病の闇のをののき……

Hachischか、酢か、茴香酒か、くるほしく
溺れしあとの日の疲労……纏れちらぼふ
Wagnerの恋慕の楽の音のゆらぎ

茴香酒
フランス語でリキュールの一種。緑色で、アルコール分68度という強い酒。

Wagner
リヒャルト・ワグナー。ドイツの大作曲家で、歌劇「タンホイザー」「ローエングリン」などを作曲。

耳かたぶけてうち透かし、在りは在れども。

それらみな素足のもとのくらがりに
爛壊の光放つとき、そのかなしみの
腐れたる曲の緑を如何にせむ。
君を思ふとのたまひしゆめの言葉も。

わかき日の赤きなやみに織りいでし
にほひ、いろ、ゆめ、おぼろかに嗅ぐとなけれど、
ものやはに暮れもかぬれば、わがこころ
天鵝絨深くひきかつぎ、今日も涙す。

君を思ふと
のたまひし
ゆめの言葉も。

濃霧

濃霧はそそぐ……腐れたる大理の石の
生くさく吐息するかと蒸し暑く、
はた、冷やかに官能の疲れし光――
月はなほ夜の氛囲気の朧なる恐怖に懸る。

濃霧はそそぐ……そこここに虫の神経
鋭く、甘く、圧しつぶさるる嗟嘆して
飛びもあへなく耽溺のくるひにぞ入る。
薄ら闇、盲唖の院の角硝子暗くかがやく。

濃霧はそそぐ……さながらに戦く窓は
亜刺比亜の魔法の館の薄笑。
麻痺薬の酸ゆき香に日ねもす噎せて

聾したる、はた、盲ひたる円頂閣か、壁の中風。
濃霧はそそぐ……甘く、また、重く、くるしく、
いづくかに凋れし花の息づまり、
苑のあたりの泥濘に落ちし燕や、
月の色半死の生に悩むごとただかき曇る。

濃霧はそそぐ……いつしかに虫も盲ひつつ
聾したる光のそこにうち痺れ、
啞とぞなる。そのときにひとつの硝子
幽魂の如くに青くおぼろめき、ピアノ鳴りいづ。

濃霧はそそぐ……数の、見よ、人かげうごき、
闌くる夜の恐怖か、痛きわななきに
ただかいさぐる手のさばき——霊の弾奏、

盲目弾き、　唖と聾者円ら眼に重なり覗く。
濃霧はそそぐ……声もなき声の密語や。
官能の疲れにまじるすすりなき
霊の震慄の音も甘く聾しゆきつつ、
ちかき野に喉絞めらるる淫れ女のゆるき痙攣。

濃霧はそそぐ……香の腐蝕、　肉の衰頽、——
呼吸深く哥囉仿謨や吸ひ入るる
朧たる暑き夜の魔睡……重く、　いみじく、
音もなき盲唖の院の氛囲気に月はしたたる。

哥囉仿謨　クロロホルム。ドイツ語で、麻酔作用のある揮発性液体。

官能(くわんのう)の疲(つか)れにまじるすすりなき
霊(たま)の震慄(おびえ)の音(ね)も甘く

赤き花の魔睡

日は真昼、ものあたたかに光素の
波動は甘く、また、緩るく、戸に照りかへす、
その濁る硝子のなかに音もなく、
哥羅仿謨の香ぞ滴る……毒の譃言……

遠くきく、電車のきしり……
……棄てられし水薬のゆめ……

やはらかき猫の柔毛と、蹠の
ふくらのしろみ悩ましく過ぎゆく時よ。
窓の下、生の痛苦に只赤く戦ぎえたてぬ草の花
亜鉛の管の
湿りたる筧のすそに……いまし魔睡す……

日(ひ)は真昼(まひる)、ものあたたかに
光素(エエテル)の波動(はどう)は甘(あま)く、
また、緩(ゆ)るく、
戸(と)に照りかへす

秋の瞳

晩秋(おそあき)の濡(ぬ)れにたる鉄柵(てすり)のうへに、
黄(き)なる葉の河やなぎほつれてなげく
やはらかに葬送(はうむり)のうれひかなでて、
過ぎゆきし Trombone(トロムボオン) いづちいにけむ。

はやも見よ、暮れはてし吊橋(つりばし)のすそ、
瓦斯(がす)点(とも)る……いぎたなき馬の吐息(といき)や、
騒(さわ)ぎやみし曲馬師(チヤリネし)の楽屋(がくや)なる幕の青みを
ほのかにも掲(かゝ)げつつ、水の面(みも)見る女(をんな)の瞳(ひとみ)。

29
SUN
27
SAT
25
2
3
4

空に真赤な

空に真赤な雲のいろ。
玻璃に真赤な酒の色。
なんでこの身が悲しかろ。
空に真赤な雲のいろ。

玻璃（はり）
ガラスの別称。

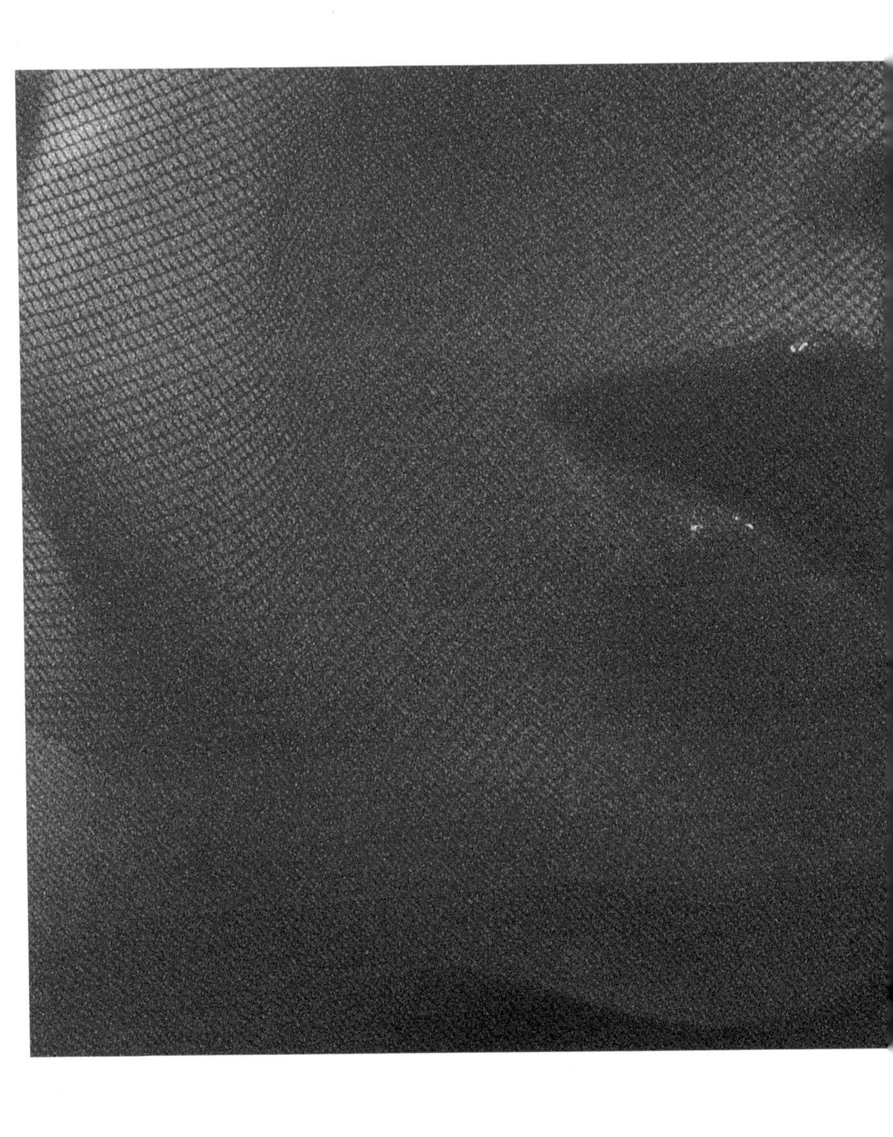

魔睡

なんでこの身が悲しかろ。
空に真赤な雲のいろ。

十月の顔

顔なほ赤し……うち曇り黄ばめる夕、
『十月』は熱を病みしか、疲れしか、
濁れる河岸の磨硝子脊に凭りかかり、
霧の中、入日のあとの河の面をただうち眺む。

そことなき櫂のうれひの音の刻み……
涙のしづく……頬にもまたゆるきなげきや……

ややありて麪包の破片を手にも取り、
さは冷やかに噛みしめて、来るべき日の
味もなき悲しきゆめをおもふとき……

なほもまた廉き石油の香に噎び、

腐(くさ)れちらぼふ骸炭(コオクス)に足も汚(よ)ごれて、
小蒸汽(こじやうき)の灰(はひ)ばみ過(す)ぎし船腹(ふなばら)に
一(ひと)きは赤(あか)く輝(かが)やきしかの窻枠(まどわく)を忍ぶとき……

月光(つきかげ)ははやもさめざめ……涙さめざめ……
十月(じふぐわつ)の暮れし片頬(かたほ)を
ほのかにもうつしいだしぬ。

十月の暮れし片頰を
ほのかにも
うつしいだしぬ。

一きは赤く
輝やきし
かの窻枠を
忍ぶとき……

接吻の時

薄暮(くれがた)か、
日のあさあけか、
昼か、はた、
ゆめの夜半(よは)にか。

そはえもわかね、燃(も)えわたる若き命(いのち)の眩暈(めくるめき)、
赤き震慄(おびえ)の接吻(くちつけ)にひたと身顫(みふる)ふ一刹那(いちせつな)。

あな、見よ、青き大月(たいげつ)は西よりのぼり、
あなや、また瘧病(ぎやくや)む終(はて)の顫(ふるひ)して
東へ落つる日の光、
大(おほ)ぞらに星はなげかひ、
青く盲(めし)ひし水面(みのも)には薬香(くすりが)にほふ。

あはれ、また、わが立つ野辺の草は皆色も干乾び、
折り伏せる人の骸の夜のうめき、
人霊色の
木の列は、あなや、わが挽歌うたふ。

かくて、はや落穂ひろひの農人が寒き瞳よ。
歓楽の穂のひとつだに残さじと、
はた、刈り入るる鎌の刃の痛き光よ。
野のすゑに獣らわらひ、
血に饐えて汽車鳴き過ぐる。

あなあはれ、あなあはれ、
二人がほかの霊のありとあらゆるその呪咀。

朝明か、
死の薄暮か、
昼か、なほ生れもせぬ日か、
はた、いづれともあらばあれ。
われら知る赤き唇。

CANCAN
LEO RAUTH

われら知る赤き唇（くちびる）。

魔国のたそがれ

うち曇(くも)る暗紅色(あんこうしよく)の大(おほ)き日の
魔法(まはふ)の国に病(や)ましげの笑(ゑみ)して入れば、
もの甘(あま)き驢馬(ろば)の鳴く音(ね)にもよほされ、
このもかのもに悩(なや)ましき吐息(といき)ぞおこる。

そのかみの激(はげ)しき夢や忍(しの)ぶらむ。
鬱金(うこん)の百合(ゆり)は血(ち)ににじむ眸(ひとみ)をつぶり、
人間(にんげん)の声(こゑ)して挑(いど)み、飛びかはし
鸚鵡(あうむ)の鳥はかなしげに翅(つばさ)ふるはす。

草も木もかの誘惑(いざなひ)に化(な)されつる
旅のわかうど、暮れ行けば心ひまなく
えもわかぬ毒(どく)の怨言(かごと)になやまされ、

われと悲しき歓楽に怕れて顫ふ。

日は沈み、たそがれどきの空の色
青き魔薬の薫して古りつつゆけば、
ほのかにも誘はれ来る隊商の
鈴鳴る……あはれ、今日もまた恐怖の予報。

はとばかり黙み戦くものの息。
色天鵝絨を擦るごとき裳裾のほかは
声もなく甘く重たき靄の闇、
はやも王女の領らすべき夜とこそなりぬ。

草も木も
かの誘惑（いざなひ）に化（な）されつる
旅のわかうど、暮れ行けば
心ひまなく

声もなく甘く重(おも)たき靄(もや)の闇(やみ)、
はやも王女(わうじよ)の領(し)らすべき
夜(よ)とこそなりぬ。

酒と煙草に

酒と煙草にうつとりと、
倦めるこころを見まもれば、
それとしもなき霊のいろ
曇りながらに泣きいづる。

なにか嘆かむ、　うきうきと、
三昧に燥やぐわがこころ。
なにか嘆かむ、　さいへ、　また
霊はしくしく泣きいづる。

夢の奥

ほのかにもやはらかきにほひの園生（そのふ）。
あはれ、そのゆめの奥（おく）。日（ひ）と夜（よ）のあはひ。
薄（うす）あかる空の色ひそかにれて顫（ふる）ひ
暮れもゆくそのしばし、声なく立てる
真白（ましろ）なる大理石（なめいし）の男（をとこ）の像（すがた）、
微妙（いみ）じくもまた貴（あて）に瞑目（めつぶ）りながら
清（きよ）らなる面（おも）の色かすかにゆめむ。

ものなべてさは妙（たへ）に女（おみな）の眼（め）ざし
あはれそが夢ふかき空色（そらいろ）しつつ、
にほやかになやましの思（おもひ）はうるむ。
そがなかに埋（う）もれたる素馨（そけい）のなげき、
蒸（む）し甘き沈丁（ぢんてう）のあるは刺（さ）せども

TRIO
No 7 in B Flat Major
(The "Archduke" Trio)
Cortot

なにほどの香の痛み身にしおぼえむ。
わかうどは声もなし、清く、かなしく。

薄暮にせきもあへぬ女の吐息
あはれその愁如し、しぶく噴水
そことなう節ゆるうゆらゆるなべに、
いつしかとほのめきぬ月の光も。
その空に、その苑に、ほのの青みに
静かなる欷歔泣きもいでつつ、
いづくにか、さまだるる愛慕のなげき。

やはらかきほの熱る女の足音
あはれそのほめき如し、燃えも生れゆく
ゆめにほふ心音のうつつなきかな。
大理石の身の白み、面もほのかに、

ひらきゆくその眼(め)ざし、なかば閉ぢつつ、
ゆめのごと空仰(あふ)ぎ、いまぞ見惚(みほ)るる。
色わかき夜(よる)の星、うるむ紅(くれなゐ)。

やはらかきほの熱(ほて)る女の足音(あのと)
あはれそのほめき如(な)し、
燃(も)えも生(あ)れゆく
ゆめにほふ心音(しんのん)の
うつつなきかな。

窓

かかる窓ありとも知らず、昨日(きのふ)まで過(す)ぎし河岸(かはきし)。
今日(けふ)は見よ、
色赤き花に日の照り、かなしくも依依児(ええてる)匂ふ。
あはれまた病(や)めるPiano(ピアノ)も……

依依児(ええてる)　エチルアルコールのこと。麻酔剤などに使用。

NO.U1
NIPPON GAKKI S.K.K.

わかき日

『かくまでも、かくまでも、
わかうどは悲しかるにや。』
『さなり、女（をみな）、
わかき日には、
ましてまた才（さい）ある身には。』

かくでも、
かくでも、
わかうどは悲しかるにや。

朱の伴奏

謀叛

ひと日、わが精舎の庭に、
晩秋の静かなる落日のなかに、
あはれ、また、薄黄なる噴水の吐息のなかに、
いとほのにギオロンの、その絃の、
その夢の、哀愁の、いとほのにうれひ泣く。

蠟の火と懺悔のくゆり
ほのぼのと、廊いづる白き衣は
夕暮に言もなき修道女の長き一列。
さあれ、いま、ギオロンの、くるしみの、

精舎　僧侶の修行場。ここでは修道院。

VBI DIOCLES AVDISSET, LEXIT ARTEMIVS... AC LABORUM
FRANCISCI ET VALERII... STANT MENTOR... TRA IVSTO...
AC SOVERIS. TVM DEMVM TVDICABIT...

刺すがごと火の酒の、その絃のいたみ泣く。

またあれば落日の色に、
夢燃ゆる噴水の吐息のなかに、
さらになほ歌もなき白鳥の愁のもとに、
いと強き硝薬の、黒き火の、
地の底の導火燬き、ヸオロンぞ狂ひ泣く。

跳り来る車輛の響、
毒の弾丸、血の烟、閃めく刃、
あはれ、驚破、火とならむ、噴水も、精舎も、空も。
紅の、戦慄の、その極の
瞬間の叫喚燬き、ヸオロンぞ盲ひたる。

火の酒
ブランデーなど、アルコール度の高い強い酒のこと。

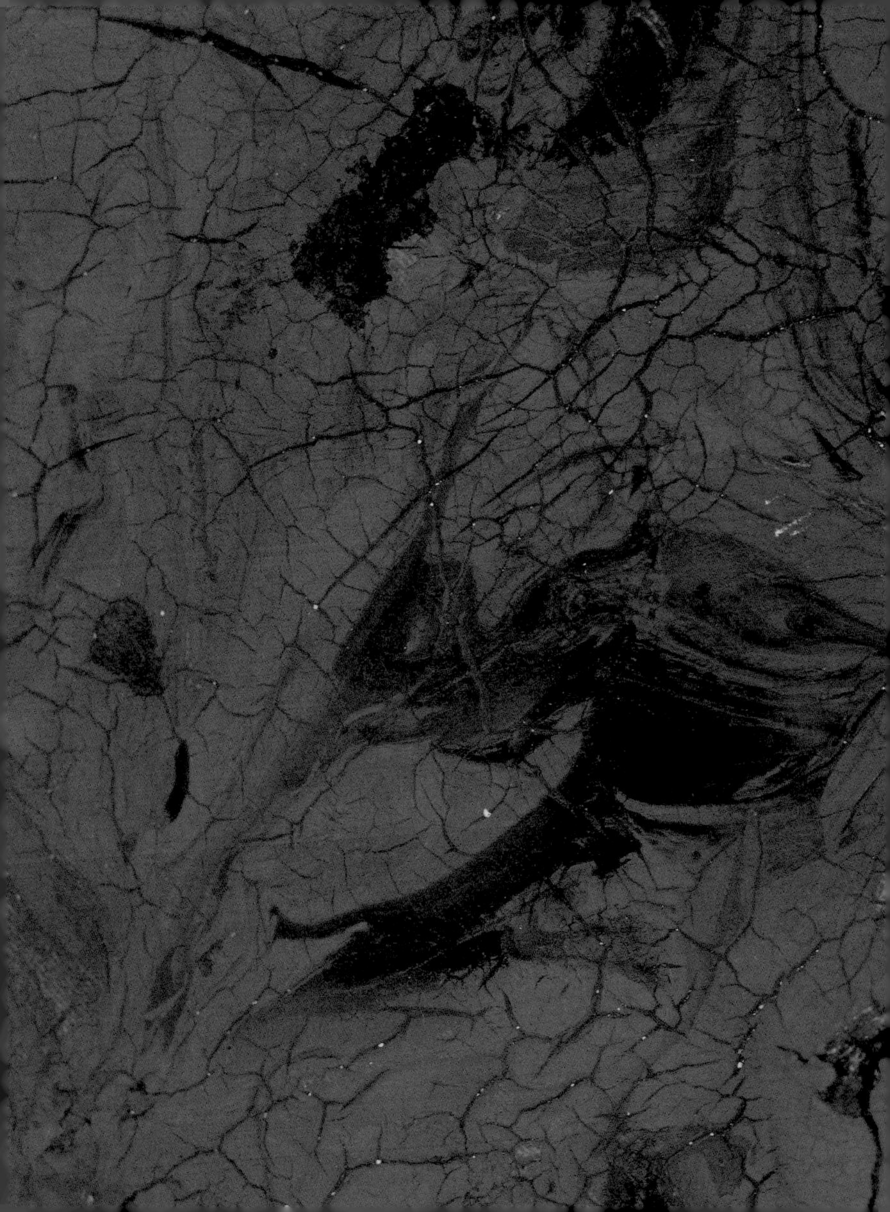

序楽

ひと日、わが想（おもひ）の室（むろ）の日もゆふべ、
光、もののね、色、にほひ――声なき沈黙（しじま）
徐（おもむろ）にとりあつめたる室（むろ）の内（うち）、いとおもむろに、
薄暮（くれがた）のタンホイゼルの譜（ふ）のしるし
ながめて人はゆめのごとほのかにならぶ。

壁はみな鈍（にぶ）き愁（うれひ）ゆなりいでし
象（ざう）の香（か）の色まろらかに想鎖（おもひさ）しぬれ、
その隅に瞳の色の窓ひとつ、玻璃（はり）の遠見（とほみ）に
冷（ひ）えはてしこの世のほかの夢の空
かはたれどきの薄明（うすあかり）ほのかにうつる。

あはれ、見よ、そのかみの苦悩（なやみ）むなしく

タンホイゼル
ワーグナー作曲の歌劇「タンホイザー」のこと。

壁はいたみ、円柱(まろはしら)熔(とろ)けくづれて
朽(く)ちはてし熔岩(ラヴア)に埋(うも)るるポンペイを、わが幻(まぼろし)を。
ひとびとはいましゆるかに絃(いと)の弓、
はた、もろもろの調楽(てうがく)の器(うつは)をぞ執る。

暗みゆく室内(むろぬち)よ、暗みゆきつつ
想(おもひ)の沈黙(しじま)重たげに音(おと)なく沈み、
そことなき月かげのほの淡(あは)くさし入るなべに、
はじめまづヸオロンのひとすすりなき、
鈍色(にびいろ)長き衣(ころも)みな瞳をつぶる。

燃えそむるヴヱスヸアス、空のあなたに
色新(あたら)しき紅(くれなゐ)の火ぞ噴(ふ)きのぼる。
廃(すた)れたる夢の古墟(ふるつか)、さとあかる我室(わがむろ)の内、

ポンペイ
ローマ時代の都市で、火山噴火で埋没、廃墟となった古代遺跡。

ヴヱスヸアス
ヴェスヴィオ山。南イタリアの火山で、この噴火によりポンペイは埋没した。

ひとときに渦巻(うづま)きかへす序(じよ)のしらべ
管絃楽部(オオケストラ)のうめきより夜(よ)には入りぬる。

暗みゆく室内（むろぬち）よ、暗みゆきつつ
想（おもひ）の沈黙（しじま）重たげに音（おと）なく沈み、
そことなき月かげの
ほの淡（あは）くさし入るなべに

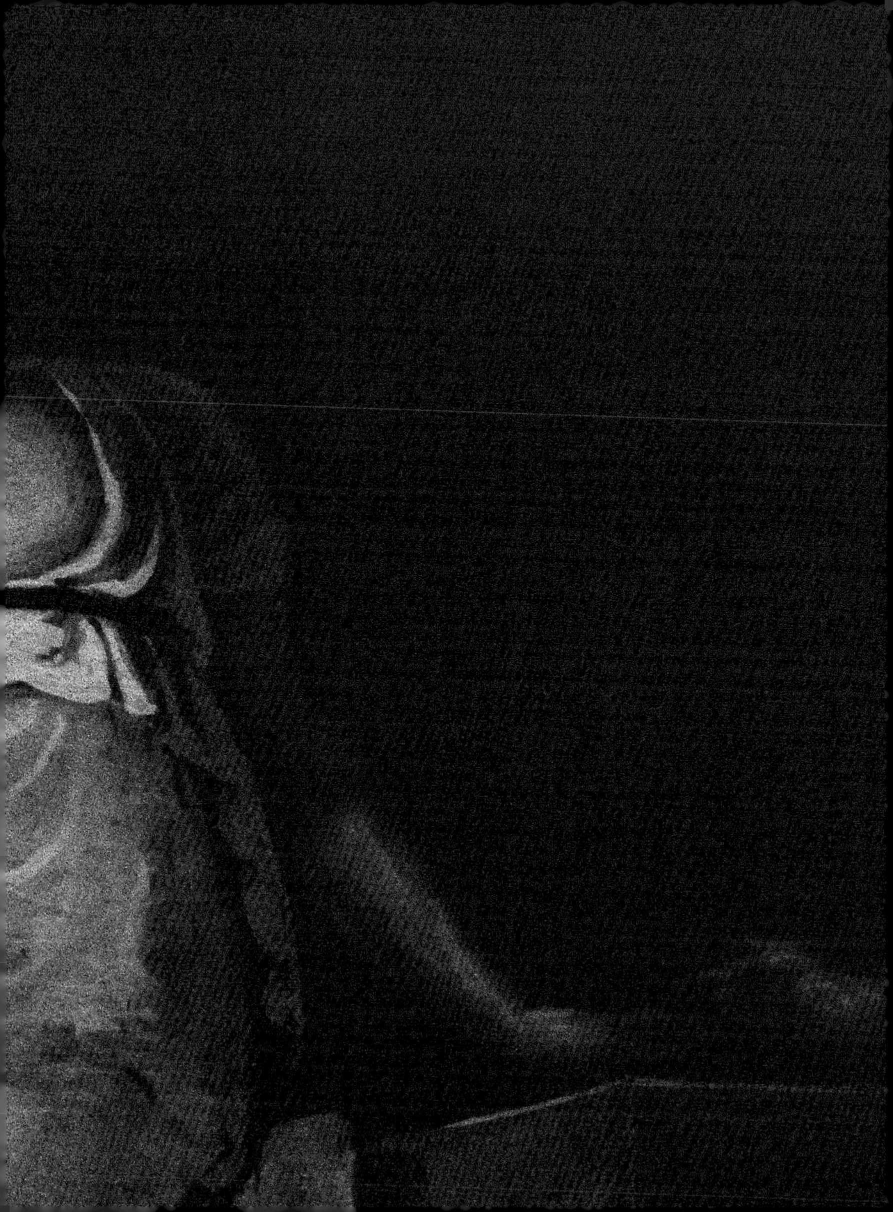

ほのかにひとつ

罌粟（けし）ひらく、ほのかにひとつ、
また、ひとつ……

やはらかき麦生（むぎふ）のなかに、
軟風（なよかぜ）のゆらゆるそのに。

薄（うす）き日の暮るとしもなく、
月（つき）しろの顫（ふる）ふゆめぢを、

縺（もつ）れ入るピアノの吐息（といき）
ゆふぐれになぞも泣かるる。

さあれ、またほのに生（あ）れゆく

色あかきなやみのほめき。
やはらかき麦生（むぎふ）の靄に、
軟風（なよかぜ）のゆらゆる胸に、
罌粟（けし）ひらく、　ほのかにひとつ、
また、　ひとつ……

罌粟ひらく、ほのかにひとつ、
また、ひとつ……

耽溺

あな悲し、紅き帆きたる。
聴けよ、今、紅き帆きたる。

白日の光の水脈に、
わが恋の器楽の海に。

あはれ、聴け、光は噎び、
海顫ひ、清掻焦がれ
眩暈めく悲愁の極、
苦悶そふ歓楽のせて
キユラソオの紅き帆ひびく。

弾けよ、弾け、毒のギオロン

キユラソオ
キュラソー。リキュールの一種。オレンジの皮を加えて調味した洋酒。

吹けよ、また媚薬の嵐。
あはれ歌、あはれ幻、
その海に紅き帆光る。

海の歌きこゆ、このとき、
『噫、かなし、炎よ、慾よ、
接吻よ。』

聴けよ、また苦き愛着、
肉のおびえと恐怖、
『死ねよ、死ね』、紅き帆響く、
『恋よ、汝よ。』

弾けよ、弾け、毒のギオロン
吹けよ、また媚薬の嵐。

一瞬(ひととき)よ、——光よ、水脈(みを)よ、
楽(がく)の音(ね)よ——酒のキユラソオ、
接吻(くちつけ)の非命(ひめい)の快楽(けらく)、
毒水(どくすゐ)の火のわななきよ。

狂(くる)へ、狂(くる)へ、破滅(ほろび)の渚(なぎさ)、
聴くははや楽(がく)の大極(たいきよく)、
狂乱(きやうらん)の日の光吸(す)ふ
紅(あか)き帆の終(つひ)のはためき。

死なむ、死なむ、二人(ふたり)は死なむ。

紅(あか)き帆(ほ)きゆる。
紅(あか)き帆(ほ)きゆる。

死なむ、死なむ、
二人（ふたり）は死なむ。

黒船

黒煙ほのにひとすぢ。――
あはれ、日は血を吐く悶あかあかと
濡れつつ淀む悪の雲そのとどろきに
燃え狂ふ恋慕の楽の断末魔。
遠目に濁る蒼海の色こそあかれ、
黒潮の水脈のはたての水けぶり、
はた、とどろ撃つ毒の砲弾、清しき喇叭、
薄暮の朱のおびえの戦に
疲れくるめく衰ぞああ音を搾る。

黒煙またもふたすぢ。――
序のしらべ絶えつ続きつ、いつしかに
黒き悩の旋律ぞ渦巻き起る。

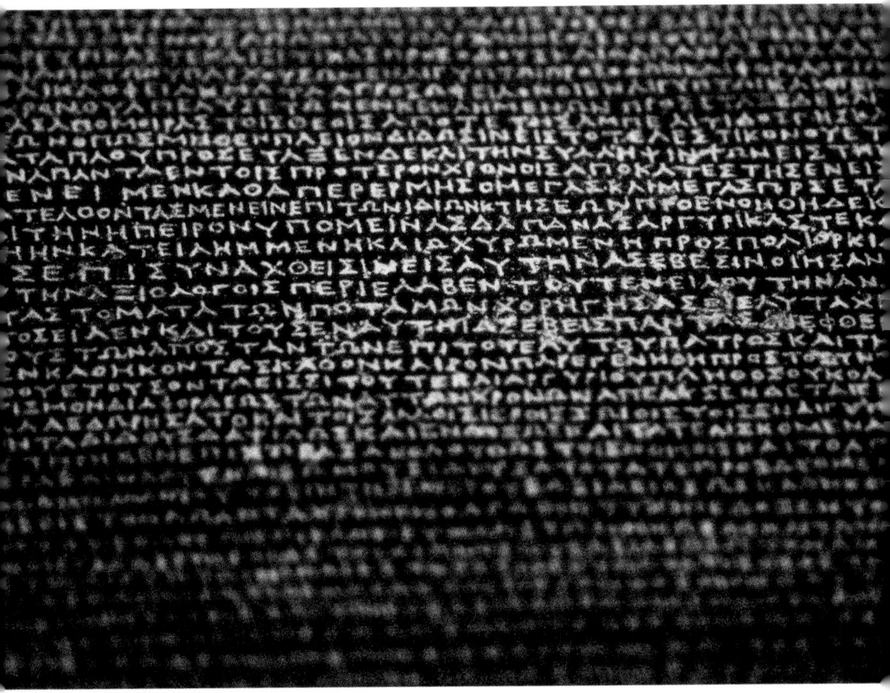

ΩΝΗΘΟΠΙΩΣΜΗΘΕΝΠΛΕΙΟΝΔΙΔΩΣΙΝΕΙΣΤΟΤΕΛΕΣΤΙΚΟΝΟΥΕΤ
ΑΤΑΠΛΟΥΠΡΟΣΕΤΑΞΕΝΔΕΚΑΙΤΗΝΣΥΛΛΗΨΙΝΤΩΝΕΙΣΤΗ
ΝΑΠΑΝΤΑΕΝΤΟΙΣΠΡΟΤΕΡΟΝΧΡΟΝΟΙΣΑΠΟΚΑΤΕΣΤΗΣΕΝΕΙ
ΕΝΕΙ ΜΕΝΚΑΘΑΠΕΡΕΡΜΗΣΟΜΕΓΑΣΚΑΙΜΕΓΑΣΠΡΣΕΤ
ΤΕΛΘΟΝΤΑΣΜΕΝΕΙΝΕΠΙΤΩΝΙΔΙΩΝΚΤΗΣΕΩΝΠΡΟΕΝΟΗΘΗΔΕΚ
ΙΤΗΝΗΠΕΙΡΟΝΥΠΟΜΕΙΝΑΣΔΑΠΑΝΑΣΑΡΓΥΡΙΚΑΣΤΕΚ
ΗΗΝΚΑΤΕΙΛΗΜΜΕΝΗΚΑΙΩΧΥΡΩΜΕΝΗΠΡΟΣΠΟΛΙΟΡΚΙ
ΣΕΠΙΣΥΝΑΧΘΕΙΣΙΝΕΙΣΑΥΤΗΝΑΣΕΒΕΣΙΝΟΙΗΣΑΝ
ΤΗΝΑΞΙΟΛΟΓΟΙΣΠΕΡΙΕΛΑΒΕΝΤΟΥΤΕΝΕΙΛΟΥΤΗΝΑΝ
ΓΑΣΤΟΜΑΤΑΤΩΝΠΟΤΑΜΩΝΧΟΡΗΓΗΣΑΣΕΙΣΑΥΤΑΧ
ΟΣΕΙΛΕΝΚΑΙΤΟΥΣΕΝΑΥΤΗΙΑΣΕΒΕΙΣΠΑΝΤΑΣΔΙΕΦΘΕ
ΟΥΣΤΩΝΑΠΟΣΤΑΝΤΩΝΕΠΙΤΟΥΕΑΥΤΟΥΠΑΤΡΟΣΚΑΙΤ
ΝΚΑΘΗΚΟΝΤΑΣΚΑΘΟΝΚΑΙΡΟΝΠΑΡΕΓΕΝΗΘΗΠΡΟΣΤΟΣΤΗ

逃げ来るは密猟船の旗じるし、
痍き噎ぶ血と汚穢、はた憤怒
おしなべて黄ばみ騒立つ楽の色。
空には苦き嘲笑に雲かき乱れ、
重りゆく煩悶のあらびはやもまた
黒き恐怖のはためき海より煙る。

黒煙三すぢ、五すぢ。――
幻法のこれや苦しき脅迫
いと淫らかに蒸し挑む疾風のもとに、
現れて真黒に歎く楽の船、
生あをじろき鱶の腹ただほのぼのと、
暮れがての赤きくるしみ、うめきごゑ、
血の甲板のうへにまた爛れて叫ぶ
楽慾の破片の砲弾ぞ慄ける。

ああその空にはたためく黒き帆のかげ。

黒煙終に七すぢ。——
吹きかはす銀(ぎん)の喇叭もたえだえに、
渦巻き猛(たけ)る楽(がく)の極(はて)、蒼海(わだつみ)けぶり、
悪(あく)の雲とどろとどろの乱擾(らんぜう)に
急忙(あわただ)しくも呪(のろ)はしき夜(よ)のたたずまひ。
濡れ焙(い)ぶる水無月ぞらの日の名残(なごり)
はた掻き濁し、暗澹(あんたん)と、あはれ黒船(くろふね)、
真黒なる管絃楽(オオケストラ)の帆の響(ひゞき)
死と悔恨(くわいこん)の闇擾(みだ)し壊(くづ)れくづるる。

ああその空に
はためく
黒き帆のかげ。

狂人の音楽

空気は甘し……また赤し……黄に……はた、緑……

晩夏の午後五時半の日光は晷を見せて、
蒸し暑く噴水に濡れて照りかへす。
瘋癲院の陰鬱に硝子は光り、
草場には青き飛沫の茴香酒冷えたちわたる。

いま狂人のひと群は空うち仰ふぎ——
饗宴の楽器とりどりかき抱き、自棄に、しみらに、
傷つける獣のごとき雲の面
ひたに怖れて色盲の幻覚を見る。
空気は重し……また赤し……黄に……はた緑……

＊　＊　＊　＊

＊　＊　＊　＊

オボイ鳴る……また、トロムボオン……
狂ほしきギオラの唸……

一人の酸ゆき音は飛びて怜羊となり、
ひとつは赤き顔ゑがき、笑ひわななく
音の恐怖……はた、ほのしろき髑髏舞……

弾け弾け……鳴らせ……また舞踏れ……

セロの、喇叭の蛇の香よ、
はた、爛れ泣くギオロンの空には赤子飛びみだれ、
妄想狂のめぐりにはバツソの盲目
小さなる骸色の呪咀して逃れふためく。

オボイ、トロムボオン
オーボエとトロンボーンのこと。

弾け弾け……鳴らせ……また舞踏(をど)れ……

クラリネットの槍尖(やりさき)よ、
曲節(メロヂア)のひらめき緩(ゆる)く、また急(はや)く、
アルト歌者(うたひ)のなげかひを暈(くら)ましながら、
一列(ひとつらね)、血しほしたたる神経(しんけい)の
壁の煉瓦(れんぐわ)のもとを行(ゆ)く……

弾け弾け……鳴らせ……また舞踏(をど)れ……

かなしみの蛇(へび)、緑(みどり)の眼(め)
槍(やり)に貫(ぬ)かれてまた歎(なげ)く……

弾け弾け……鳴らせ……また舞踏(をど)れ……

はた、吹笛の香のしぶき、
青じろき花どくだみの鋭さに、
濁りて光る山椒魚、沼の調に音は瀞む。

弾け弾け……鳴らせ……また舞踏れ……

傷きめぐる観覧車、
はたや、太鼓の悶絶に列なり走る槍尖よ、
窻の硝子に火は叫び、
月琴の雨ふりそそぐ……

弾け弾け……鳴らせ……また舞踏れ……

赤き神経……盲ひし血……
聾せる脳の鑢の音……

弾け弾け……鳴らせ……また舞踏(をど)れ

＊　＊　＊　＊

＊　＊　＊　＊

空気(くうき)は酸(すゆ)し……いま青し……黄(き)に……なほ赤く……

はやも見よ、日の入りがたの雲の色
狂気(きやうき)の楽(がく)の音(ね)につれて波だちわたり、
悪獣の蹠(あなうら)のごと血を滴(たら)す。

そがもとに噴水(ふきゐ)のむせび
濡れ濡れて薄闇(うすやみ)に入る……

空気(くうき)は重し……なほ赤し……黄(き)に……また緑(みどり)……

いつしかに蒸汽の鈍き船腹の
ごとくに光りかぎろひし瘋癲院も暮れゆけば、
ただ冷えしぶく茴香酒、鋭き玻璃のすすりなき。

草場の赤き一群よ、眼をののかし、
躍り泣き弾きただらかす歓楽の
はてしもあらぬ色盲のまぼろしのゆめ……
午後の七時の印象はかくて夜に入る。

空気は苦し……はや暗し……黄に……なほ青く……

弾け弾け……鳴らせ……
また舞踏（をど）れ……

空気(くうき)は酸(す)ゆし……
いま青し……
黄(き)に……
なほ赤く……

外光と印象

噴水の印象

噴水のゆるきしたたり。——
霧しぶく苑の奥、夕日の光、
水盤の黄なるさざめき、
なべて、いま
ものあまき嗟嘆の色。

噴水の病めるしたたり。——
いづこにか病児啼き、ゆめはしたたる。
そこここに接吻の音。
空は、はた、

暮れかかる夏のわななき。
噴水(ふきあげ)の甘きしたたり。——
そがもとに痍(きず)つける女神(ぢよじん)の瞳。
はた、赤き眩暈(くるめき)の中(うち)、
冷(ひや)み入る
銀(ぎん)の節(ふし)、雲のとどろき。

噴水(ふきあげ)の暮るるしたたり。——
くわとぞ蒸(む)す日のおびえ、晩夏(ばんか)のさけび、
濡れ黄ばむ憂鬱症(ヒステリイ)のゆめ
青む、あな
しとしとと夢はしたたる。

そここに接吻(くちつけ)の音(おと)。
空は、はた、
暮れかかる夏のわななき。

青き光

哀れ、みな悩み入る、夏の夜のいと青き光のなかに、
ほの白き鉄の橋、洞円き穹窿の煉瓦、
かげに来て米炊ぐ泥舟の鉢の撫子、
そを見ると見下せる人々が倦みし面も。

はた絶えず、悩ましの角光り電車すぎゆく
河岸なみの白き壁あはあはと瓦斯も点れど、
うち向ふ暗き葉柳震慄きつ、さは震慄きつ、
後よりはた泣くは青白き屋の幽霊。

いと青きソプラノの沈みゆく光のなかに、
饐えて病むわかき日の薄暮のゆめ。――
幽霊の屋よりか洩れきたる呪はしの音の

交響体のくるしみのややありて交りおびゆる。

いづこにかうち囃す幻燈の伴奏の進行曲、
かげのごと往来する白の衣うかびつれつつ、
映りゆく絵のなかのいそがしさ、さは繰りかへす。
そのかげに苦痛の暗きこゑまじりもだゆる。——

なべてみな悩み入る、夏の夜のいと青き光のなかに。
蒸し暑き軟ら風もの甘き汗に揺れつつ、
ほつほつと点もれゆく水の面のなやみの燈、
鹹からき執の譜よ……み空には星ぞうまるる。——

かくてなほ悩み顫ふわかき日の薄暮のゆめ。
見よ、苦き闇の滓街衢には淀みとろげど、

新にもしぶきいづる星の華――泡のなげきに
色青き酒のごと空は、はた、なべて澄みゆく。

なべてみな悩（なや）み入る、
夏の夜（よ）の
いと青き光のなかに。——

入日の壁

黄に潤る港の入日、
切支丹邪宗の寺の入口の
暗めるほとり、色古りし煉瓦の壁に射かへせば、
静かに起る日の祈禱、
『ハレルヤ』と、奥にはにほふ讃頌の幽けき夢路。

あかあかと精舎の入日。――
ややあれば大風琴の音の吐息
たゆらに嘆き、白蠟の盲ひゆく涙。――
壁のなかには埋もれて
眩暈き、素肌に立てるわかうどが赤き幻。

ただ赤き精舎の壁に、

ハレルヤ
ヘブライ語で「主を褒め讃えよ」の意。旧約聖書の「詩編」にある語で、感謝の喜びを表す。キリスト教の祈り、聖歌、讃美歌に用いられる。

讃頌
讃、頌、ともに褒め讃えるの意。

CAELORVM TV ES PETRVS
FIDES
MVNDO

妄念は熔くるばかりおびえつつ
全身落つる日を浴びて真夏の海をうち睨む。
『聖マリヤ、イエスの御母。』
一斉に礼拝終る老若の消え入るさけび。

はた、白む入日の色に
しづしづと白衣の人らうちつれて
湿潤も暗き戸口より浮びいでつつ、
眩しげに数珠ふりかざし急げども、
など知らむ、素肌に汗し熔けゆく苦悩の思。

暮れのこる邪宗の御寺
いつしかに薄らに青くひらめけば
ほのかに薫る沈の香、波羅葦増のゆめ。

さしもまた埋れて顫ふ妄念の
血の染みし踵のあたり、蟋蟀啼きもすずろぐ。

華のかげ

時は夏、血のごと濁る毒水の
鰐住む沼の真昼時、夢ともわかず、
日に嘆く無量の広葉かきわけて
ほのかに青き青蓮の白華咲けり。

ここ過ぎり街にゆく者、——
婆羅門の苦行の沙門、あるはまた
生皮漁る旃陀羅が鈍き刃の色、
たまたまに火の布巻ける奴隷ども
石油の鑵を地に投げて鋭に泣けど、
この旱何時かは止まむ。これやこれ、
饑に堕ちたる天竺の末期の苦患。

婆羅門　インドのカースト制の最上位にある僧侶階級。学問と祭祀に専念し、絶大な尊敬を受ける。
沙門　僧。出家修行者。
旃陀羅　インドにおけるカースト外の最下級の賤民のこと。
天竺　インドの古称。

見るからに気候風吹く空の果
銅色のうろこ雲湿潤に燃えて
恒河の鰐の脊のごとはらばへど、
日は爛れ、大地はあはれ柚色の
熱黄疸の苦痛に吐息も得せず。

この恐怖何に類へむ。ひとみぎり
地平のはてを大象の群御しながら
槍揮ふ土人が昼の水かひも
終へしか、消ゆる後姿に代れる列は
こは如何に殖民兵の黒奴らが
喘ぎ曳き来る真黒なる火薬の車輛
掲ぐるは危嶮の旗の朱の光
絶えず饑ゑたる心臓の呻くに似たり。

恒河 インドの大河。ヒマラヤ山脈を源にして、ベンガル湾に注ぐ。

さはあれど、ここなる華と、円き葉の
あはひにうつる色、匂、青みの光、
ほのほのと沼の水面の毒の香も
薄らに交り、昼はなほかすかに顫ふ。

日は爛(ただ)れ、
大地(たいち)はあはれ柚色(ゆずいろ)の
熱黄疸(ねつわうだん)の苦痛(くるしみ)に
吐息(といき)も得せず。

天草雅歌

角を吹け

わが佳耦(とも)よ、いざともに野にいでて
歌はまし、水牛(すゐぎう)の角(つの)を吹け。
視よ、すでに美果実(みくだもの)あからみて
田にはまた足穂(たりほ)垂れ、風のまに
山鳩のこゑきこゆ、角(つの)を吹け。
いざさらば馬鈴薯(ばれいしよ)の畑(はた)を越え
爪哇(ジヤワ)びとが園に入り、かの岡に
鐘やみて蠟(らふ)の火の消ゆるまで
無花果(いちじゆく)の乳(ち)をすすり、ほのぼのと
歌はまし、汝(な)が頸(くび)の角(つの)を吹け。

佳耦(とも)
よき友の意。

わが佳耦よ、鐘きこゆ、野に下りて
葡萄樹の汁滴る邑を過ぎ、
いざさらば、パアテルの黒き袈裟
はや朝の看経はて、しづしづと
見えがくれ棕櫚の葉に消ゆるまで、
無花果の乳をすすり、ほのぼのと
歌はまし、いざともに角を吹け、
わが佳耦よ、起き来れ、野にいでて
歌はまし、水牛の角を吹け。

パアテル
ラテン語で神父。

神曲

ヱビスビール
サッポロビール
ユニオンビール

ほのかなる蠟の火に

いでや子ら、日は高し、風たちて
棕櫚（しゆろ）の葉のうち戦（そよ）ぎ冷（ひ）ゆるまで、
ほのかなる蠟（らふ）の火に羽（は）をそろへ
鴿（はと）のごと歌はまし、汝（な）が母も。
好（よ）き日なり、媼（おうな）たち、さらばまづ
禱（いの）らまし讃美歌（さんびか）の十五番（じふごばん）、
いざさらば風琴（オルガン）を子らは弾け、
あはれ、またわが爺（おぢ）よ、なにすとか、
老眼鏡（おいめがね）ここにこそ、座（ざ）はあきぬ、
いざともに禱（いの）らまし、ひとびとよ、
さんた・まりや。さんた・まりや。さんた・まりや。
拝（をろが）めば香炉（かうろ）の火身に燃えて
百合のごとわが霊（たま）のうちふるふ。

鴿（はと）
白秋は、少女の象徴、イメージとしてこの鴿や鵠（くぐい）、鶫（つぐみ）などの語を多用している。

あなかしこ、鴿(はと)の子ら羽(は)をあげて
御竈(みづし)なる蠟(らふ)の火をあらためよ。
黒船(くろふね)の笛きこゆいざさらば
ほどもなくパアテルは見えまさむ、
さらにまた他(た)の燭(そく)をたてまつれ。
あなゆかし、ロレンゾか、鐘鳴らし、
まめやかに安息(あんそく)の日を祝(ほ)ぐは、
あな楽し、真白(ましろ)なる羽をそろへ
鴿(はと)のごと歌はまし、わが子らよ。
あはれなほ日は高し、風たちて
棕櫚(しゆろ)の葉のうち戦(そよ)ぎ冷(ひ)ゆるまで、
ほのかなる蠟(らふ)の火に羽をそろへ
鴿(はと)のごと歌はまし、はらからよ。

汝にささぐ

女子（をみなご）よ、
汝（な）に捧（ささ）ぐ、
ただひとつ。
然（しか）はあれ、汝（な）も知らむ。
このさんた・くるすは、かなた
檳榔樹（びろうじゆ）の実（み）の落つる国、
夕日（ゆふひ）さす白琺瑯（はくはふらう）の石の階（はし）
そのそこの心の心、——
えめらるど、あるは紅玉（こうぎよく）、
褐（くり）の埴（はに）八千層（やちさか）敷ける真底（まそこ）より、
汝（な）が愛を讃（たた）へむがため、
また、清き接吻（くちつけ）のため、
水晶の柄（え）をすげし白銀（しろかね）の鍬をもて、

檳榔樹（びろうじゆ）
ヤシ科の常緑高木。九州南部、南西諸島、小笠原に自生。

白琺瑯（はくはふらう）
白い大理石。

埴（はに）
赤色、または黄色の粘土。陶器の材料にし、衣料の染料にも使う。

七つほど先の世ゆ世を継ぎて
ひたぶるに、われとわが
採りいでし型、
その型を
汝に捧ぐ、
女子よ。

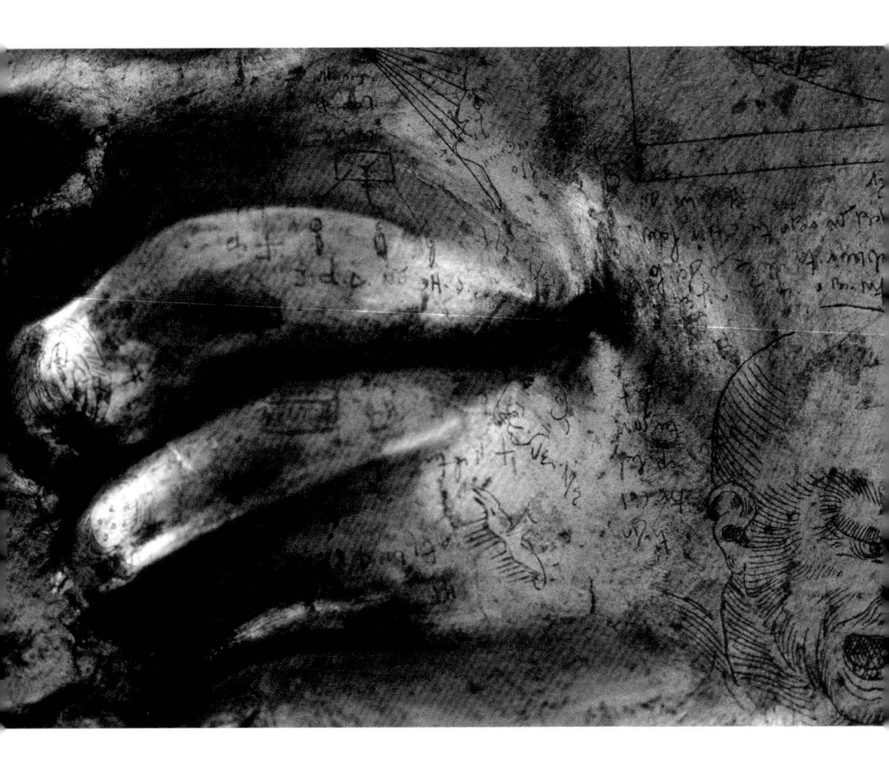

汝(な)が愛を
讃(たた)へむがため、
また、
清き接吻(くちつけ)のため

ただ秘めよ

曰ひけるは、
あな、わが少女、
天艸の蜜の少女よ。
汝が髪は鳥のごとく、
汝が唇は木の実の紅に没薬の汁滴らす。
わが鴿よ、わが友よ、いざともに擁かまし。
薫濃き葡萄の酒は
玻璃の壺に盛るべく、
もたらしし麝香の臍は
汝が肌の百合に染めてむ。
よし、さあれ、汝が父に、
よし、さあれ、汝が母に、
ただ秘めよ、ただ守れ、斎き死ぬまで、

没薬 アフリカ産などのカンラン科の樹木から作るうがい薬など。強い香りと苦みがある。
麝香 ジャコウジカの雄からとった香料。強い芳香を発する。

虐の罪の鞭はさもあらばあれ、
ああただ秘めよ、御くるすの愛の徴を。

ああただ秘(ひ)めよ、
御(み)くるすの愛(あい)の徴(しるし)を。

さならずば

わが家(いへ)の
わが家(いへ)の可愛(かあ)ゆき鴿(はと)を
その雛(ひな)を
汝(なれ)せちに恋ふとしならば、
いでや子よ、
逃(のが)れよ、早も邪宗門(じやしゆうもん)外道(げだう)の教(をしへ)、
かくてまた遠き祖(おや)より伝(つた)へこし秘密(ひみつ)の聖礫(くるす)
とく柱より取りいでよ。もし、さならずば
もろもろの麝香(じやかう)のふくろ、
桂枝(けいし)、はた、没薬(もつやく)、蘆薈(ろくわい)
および乳(ちち)、島の無花果(いちじゆく)、
如何に世のにほひを積むも、――
さならずば、

桂枝(けいし)、没薬(もつやく)、蘆薈(ろくわい) どれも旧約聖書に出てくる芳香植物やその加工物。

もしさならずば——
汝いかに陳じ泣くとも、あるは、また
護摩炷き修し、伴天連の救よぶとも、
ああ遂に詮業なけむ。いざさらば
接吻の妙なる蜜に、
女子の葡萄の息に、
いで『ころべ』いざ歌へ、わかうどよ。

鵠

わかうどなゆめ近よりそ、
かのゆくは邪宗(じやしゆう)の鵠(くぐひ)、
日のうちに七度(ななたび)八度(やたび)
潮(うしほ)あび化粧(けはひ)すといふ
伴天連(ばてれん)の秘(ひそ)の少女(をとめ)ぞ。
地になびく髪には蘆薈(ろくわい)、
嘴(はし)にまたあかき実(み)を塗(ぬ)る
淫(みだ)らなる鳥にしあれば、
絶えず、その真白羽(ましろは)ひろげ
乳香(にふかう)の水したたらす。
されば、子なゆめ近よりそ。
視よ、持つは炎(ほのほ)か、華(はな)か、
さならずば実(み)の無花果(いちじゆく)か、

兎(と)にもあれ、かれこそ邪法(じやはふ)。
わかうどなゆめ近よりそ。

日ごとに

日ごとにわかき姿(すがた)して
日ごとに歌ふわが族(ぞう)よ、
日ごとに紅(あか)き実(み)の乳房(ちぶさ)
日ごとにすてて漁(あさ)りゆく。

黄金向日葵

あはれ、あはれ、黄金向日葵
汝また太陽にも倦きしか、
南国の空の真昼を
かなしげに疲れて見ゆる。

汝（みまし）また
太陽（ひ）にも倦（あ）きしか

[illegible]
[illegible] Cavillonum [illegible]
[illegible]
[illegible] XXI
UERO CUM POST CHLODOUECHI MORTEM MUL[illegible]
[illegible]
[illegible]
[illegible]
[illegible]
[illegible]
[illegible]
[illegible] XXII
[E]RAT IBIDEM TUNC MATRONA DEOTERIA NOMINE
[illegible] Cumque apud [illegible]
[illegible]
[illegible]
[illegible]
[illegible]
[illegible] XXIII
THEODORICUS PARENTEM SUUM SYGIUALDUM
[illegible]
[illegible]
[illegible]
[illegible]
[illegible]
[illegible]
[illegible]

Quos minimus decem annorum [illegible] Chlo-
dovaldum conprehendere non potuerunt quia per auxilium virorum fortium liberatus est.
Qui postpositum regnum terrenum ad dominum transiit et sibi manu propria capillos incidens
clericus factus est. bonisque operibus insistens presbiter ab hoc mundo migravit. Hi quoque
regnum chlodomeris inter se aequaliter diviserunt. Chrodechildis vero regina
tales se tantaque exhibuit ut ab omnibus honor[illegible]retur. adsidua in elimosinis per-
noctans in vigiliis. in castitate atque omni honestate [illegible] pura permansit. praedia
ecclesiis monasteriis vel quibus[illegible] ma[illegible]cumque locis sanctis necessaria
[illegible] larga ac prompta voluntate distribuit. ita ut putaretur eo tempore non regina
sed propria dei ancilla ipsi sedulo deservire. Quam non regnum filiorum non ambitio
saeculi nec facultas attulit in ruinam. sed humilitas evexit ad gratiam [illegible]

XLIIII. ERAT ENIM TUNC ET BEATUS GREGORIUS APUD
Lingonicam magnus dei sacerdos signis et virtutibus clarus. Sed quia
huius pontificis meminimus gratum arbitror ut situm loci divio-
nensis in quo maxime erat adsiduus huic inseram lectioni. Est autem castrum
firmissimis muris in media planitie valde iocundae conpositum. terras valde
fertiles atque fecundas ita ut arvis semel scissis vomere semina iaciantur et
magna fructuum opulentia subsequatur. A meridie habet oscarum fluvium piscibus
valde praedivitem. ab aquilone vero alius fluviolus venit qui per portam ingre-
diens et sub ponte decurrens per aliam rursum portam egreditur totum munitio-
nis locum placida unda circumfluens. ante portam autem molinas mira velocitate
divertit. Quattuor portae a quattuor plagis mundi sunt positae. totumque
aedificium [illegible] murus vero illius de quadris lapidibus
usque in altum pedes [illegible] per a minuto lapide aedificatus
habetur. habens in altum [illegible] pedes XXX. in lato pedes XV.
[illegible] non civitas dicta sit ignoro. habet enim in circuitu
[illegible]

青き花

青き花

そは暗(くら)きみどりの空に
むかし見し幻(まぼろし)なりき。
青き花
かくてたづねて、
日も知らず、また、夜(よ)も知らず、
国あまた巡(めぐ)りありきし
そのかみの
われや、わかうど。

そののちも人とうまれて、

青き花
ドイツ、前期ロマン派の詩人、ノヴァーリスの小説『青い花』の主人公が夢に見た花。理想への憧れの象徴。

微妙くも奇しき幻
ゆめ、うつつ、
香こそ忘れね、
かの青き花をたづねて、
ああ、またもわれはあえかに
人の世の
旅路に迷ふ。

紅玉

かかるとき、
海ゆく船に
まどはしの人魚か蹤ける。
美しき術の夕に、
まどろみの香油したたり、
こころまた
けぶるともなく、
幻の黒髪きたり、
夜のごとも
わが眼蔽へり。
そことなく
おほくのひとの
あえかなるかたらひおぼえ、

われはただひしと凝視めぬ。
夢ふかき黒髪の奥
朱に喘ぐ
紅玉ひとつ、
これや、わが胸より落つる
わかき血の
燃る滴。

夢ふかき
黒髪の奥（おく）
朱（しゅ）に喘ぐ
紅玉（こうぎょく）ひとつ

夕

あたたかに海は笑(わら)ひぬ。
花あかき夕日の窓に、
手をのべて聴くとしもなく
薔薇(さうび)摘(つ)み、ほのかに愁(うれ)ふ。
いま聴くは市(いち)の遠音(とほね)か、
波の音(ね)か、過ぎし昨日(きのふ)か、
はた、淡(あは)き今日(けふ)のうれひか。

あたたかに海は笑ひぬ。
ふと思ふ、かかる夕日(ゆふひ)に
白銀(しろがね)の絹衣(すずし)ゆるがせ、
いまあてに花摘(つ)みながら
かく愁(うれ)ひ、かくや聴(き)くらむ、

紅(くれなゐ)の南極星下(なんきよくせいか)
われを思ふ人のひとりも。

羅曼底の瞳

この少女はわが稚きロマンチックの幻象也、
仮にソフィヤと呼びまゐらす。

美(うつ)くしきソフィヤの君(きみ)。
悲(かな)しくも恋(こひ)しくも見え給ふわがわかきソフィヤの君(きみ)。
なになれば日もすがら今日(けふ)はかく瞑目(めつぶ)り給ふ。
美(うつ)くしきソフィヤの君(きみ)、
われ泣けば、　朝な夕(ゆふ)なに、
悲(かな)しくも静(しづ)かにも見ひらき給ふ青き華(はな)——
少女(をとめ)の瞳(ひとみ)。
ソフィヤの君(きみ)。

羅曼底(ロマンチック)　こういう漢字のあて方は白秋独特の表現法。

古酒

解纜

解纜す、大船あまた。——
ここ肥前長崎港のただなかは
長雨ぞらの幽闇に海づら鈍み、
悶々と檣けぶるたたずまひ、
鎖のむせび、帆のうなり、伝馬のさけび、
あるはまた阿蘭船なる黒奴が
気も狂ほしき諸ごゑに、硝子切る音、
うち湿り——嗚呼午後七時——ひとしきり、落居ぬ騒擾。

解纜す、大船あまた。

解纜 ともづなを解くの意で、船が出帆すること。
阿蘭船 オランダ船のこと。

あかあかと日暮の街に吐血して
落日喘ぐ寂寥に鐘鳴りわたり、
陰々と、灰色重き曇日を
死を告げ知らすせはしさに、響は絶えず
天主より。——闇澹として二列、
海波の嗚咽、赤の浮標、なかに黄ばめる
帆は瘧に——嗚呼午後七時——わなわなとはためく恐怖。

解纜す、大船あまた。——
黄髪の伴天連信徒蹌踉と
闇穴道を磔負ひ駆られゆくごと
生ぬるき悔の唸順々に、
流るる血しほ黒煙り動揺しつつ、
印度、はた、南蛮、羅馬、目的はあれ、

ただ生涯の船がかり、いづれは黄泉へ
消えゆくや、——嗚呼午後七時——鬱憂の心の海に。

あかき木の実

暗きこころのあさあけに、
あかき木の実ぞほの見ゆる。
しかはあれども、昼はまた
君といふ日にわすれしか。
暗きこころのゆふぐれに、
あかき木の実ぞほの見ゆる。

なわすれぐさ

面帕(おもぎぬ)のにほひに洩(も)れて、
その眸(ひとみ)すすり泣くとも、――
空(そら)いろに透(す)きて、葉かげに
今日(けふ)も咲く、なわすれの花。

なわすれぐさ
わすれな草。ムラサキ科の多年草。淡青の小花をたくさんつける。

面帕(おもぎぬ)
ヴェール。顔おおい。

失くしつる

失くしつる。
さはあるべくもおもはれね。
またある日には、
探しなば、 なほあるごともおもはるる。
色青き真珠のたまよ。

またある日には、
探（さが）しなば、なほあるごとも
おもはるる。

撮影メモ……………………大川裕弘

谷崎潤一郎の『陰翳礼賛』、岡倉天心の『茶の本』に続き、谷村鯛夢氏とともに、パイインターナショナルより北原白秋の『邪宗門』を(自称〝気配シリーズ〟として)刊行できて幸せである。南蛮文化を感じる写真をつかず離れずあるいは大胆に迫って「邪宗門的写真」を撮影し、かつ楽しんだ。初出写真掲載の『婦人画報』誌と「現場」をご提供いただいた方々、またパイインターナショナルの三芳伸吾さん、荒川佳織さん、デザイナーの淡海季史子さんに謝意を表したい。

「編」を終えて…………………谷村鯛夢

「気配」を撮る名匠、という冠は、いまや確固として大川裕弘氏のものとなった。ただその素質の気配は、ともに若造だった50年前からすでに漂っていたのも確かである。『邪宗門』の契機となった白秋の『五足の靴』の舞台である天草を巡った取材撮影中、夕暮の小さな岬を回って﨑津教会が見えたときの感動を共有したことは忘れられない。「大川写真」の気配を感じ、白秋『邪宗門』の詩句を口ずさむとき、貴方はきっと不思議な酩酊感に包まれていることだろう。

◎撮影地・撮影協力
（順不同　下段の数字は掲載ページナンバー）

カトリック﨑津教会（熊本県天草市）　2 3
サンピエトロ大聖堂（バチカン市国）　30 31 32 33 98 99 189 213
カトリック馬込教会（長崎県長崎市伊王島）　100 101
カトリック宝亀教会（長崎県平戸市）　102
カトリック堂崎天主堂（長崎県五島市）　252 253
山口ザビエル記念聖堂（山口県山口市）　207
陶 cafe しきろ庵（大分県中津市耶馬渓町）　116 117 139
弘前昇天教会教会堂（青森県弘前市）　51
佐瀧別邸（青森県三戸郡三戸町）　203 204 218

＊本書は岩波書店刊『白秋全集1　詩集1』（1984年12月5日発行）を底本とし、現代の読者に鑑み一部ルビを加えた。

北原白秋（きたはら　はくしゅう）
1885年（明治18年）〜1942年（昭和17年）本名・隆吉
福岡県柳川で海産物問屋や酒造業を営む素封家の長男として生まれた。水郷柳川の豊かな自然や風物に感受性を育まれ、旧制中学時代から歌や詩を創作、早大に進むが中退。早くから与謝野鉄幹の『明星』の歌人として知られ、詩人としても第一詩集の『邪宗門』で圧倒的な存在感を示した。高村光太郎らと若き芸術家の会「パンの会」を結成、その饗宴では『邪宗門』所収の「空に真っ赤な」が歌われた。その後も、象徴的な手法で新鮮かつ官能的な感覚、情緒の表現活動を続け、また「からたちの花」「ペチカ」「砂山」などの童謡や「ちゃっきり節」などの民謡も多く創作、「国民詩人」「詩の王者」と讃えられる。代表作として詩集『邪宗門』『思ひ出』、歌集『桐の花』、童謡集『トンボの眼玉』など。

大川裕弘（おおかわ　やすひろ）
1944年千葉県松戸市生まれ。1969年写真家高橋克郎氏に師事。1979年大川写真事務所を設立。以降、フリーランスフォトグラファーとして、広告写真および女性誌を中心とした雑誌媒体で活動。日本広告写真協会（APA）会員。関わった雑誌媒体は、『婦人画報』『美しいキモノ』『ヴァンサンカン』『和樂』『サライ』『陶磁郎』『ノジュール』など多数。
著書
『京都　美の気配』（ピエ・ブックス）『水風景』（原書房）『やきものの里めぐり』（JTBパブリッシング）『幸之助と伝統工芸』（美術出版社）『加藤唐九郎志野』（双葉社）『陰翳礼讃』（パイインターナショナル）『茶の本』（パイインターナショナル）など。

美の魔睡　**邪宗門**

二〇二〇年九月二〇日　初版第一刷発行

文　北原白秋
写真　大川裕弘
企画・構成　谷村鯛夢（編集工房・鯛夢）
デザイン　淡海季史子
校正　酒井清一
制作進行　荒川佳織

発行人　三芳寛要
発行元　株式会社パイインターナショナル
〒一七〇―〇〇〇五 東京都豊島区南大塚二―三二―四
TEL 〇三―三九四四―三九八一
FAX 〇三―五三九五―四八三〇
sales@pie.co.jp

印刷・製本　株式会社東京印書館

ISBN978-4-7562-5372-9　C0070　Printed in Japan